Johnny Buterland

Wunnebare Menschen

„**Wunnebar**"

rief der niederländisch-deutsche Showmaster

Lou van Burg (gest. 1986)

immer dann, wenn seine Kandidaten in der populären Sendung „Der goldene Schuss" besonders gute Leistungen zeigten.

Mit 15 wollte Udo Lindenberg nur weg aus Gronau („Die beste Straße unserer Stadt, die führt aus ihr hinaus"). Diese Straße hat mich vor Jahren in die Stadt hineingeführt und ich habe dort liebenswerte und „wunnebare" Menschen gefunden.

Kommen Sie mit auf eine spannende Entdeckungstour an der deutsch-niederländischen Grenze.

Johnny Buterland

Der Autor

Johnny Buterland wurde 1954 in Marienfeld (Ostmünsterland) geboren.

Nach Krankenpflegeausbildung und Medizinstudium in Berlin folgten ärztliche Tätigkeiten als Facharzt, Chefarzt und zuletzt langjährige praktische Tätigkeiten als niedergelassener Facharzt.

In diesem Buch hat der Autor liebgewonnene Menschen mit deutsch-holländischen Grenzerfahrungen porträtiert.

Wunnebare Menschen

Portraits in Schwarz-Rot-Oranje

Impressum

Bibliografische Information der Deutschen Nationalbibliothek:

Die deutsche Nationalbibliothek verzeichnet die Publikation in der Deutschen Nationalbibliografie; detaillierte bibliografische Daten sind im Internet unter http//dnb.de abrufbar.

© www.wunnebar.com 2016, Münster

Umschlaggestaltung: ideart-agentur, Münster

Herstellung und Verlag:

BoD - Books on Demand, Norderstedt

ISBN: 978-3-7412-7706-1

Inhaltsverzeichnis

Prolog	7
Der Flüchtlingshelfer	15
Die Logistikerin	25
Die Krankenschwester	33
Der Kripobeamte (NL)	41
Die Krankenschwester (in Werkstatt für Behinderte)	53
Der Heilpädagoge und Tai-Chi-Meister	65
Die Kauffrau	75
Der Ex-Unternehmer	83
Die Studentin der Sonderpädagogik	95
Der Unternehmensberater und Fahrradhändler	107
Epilog	119

Prolog

Vor langen Jahren hat Udo Lindenberg das Weite gesucht und Gronau verlassen. Den umgekehrten Weg bin ich 2009 gegangen und die Menschen der Stadt haben mich positiv überrascht.

Bis dahin war für mich als Ostmünsterländer Münster der Mittelpunkt der Region und alles „dahinter" Richtung Holland allenfalls zur Durchfahrt auf dem Weg zu einem Urlaub in Holland notwendig.

Aus der Jugend kann ich mich noch an einen Zwischenstopp in Gronau erinnern. Nach einer Fahrradtour durch Holland waren wir froh, wieder deutschen Boden erreicht zu haben, und passierten den Grenzübergang Glanerbrug/Gronau. Kurz hinter der Grenze gab es damals im Buterland noch eine Jugendherberge, wo wir nach den Kontrollen auch übernachtet haben.

2009 habe ich dann in weiblicher Begleitung und Führung die Stadt nach und nach erkundet und dabei auch sehr freundliche und interessante Menschen kennengelernt. Die hatten durchaus andere Lebenserfahrungen gemacht.

Es war für mich prägnant, wie sich im Grenzort deutsche und holländische Einflüsse durchmischt hatten.

Den Euro gab es ja schon auf beiden Seiten, so dass ein Umtausch D-Mark/Gulden nicht mehr notwendig war.

So wie ich bei jetzigen Aufenthalten in Berlin noch immer genau weiß, wo die Mauer gestanden hat und früher Ost- und Westberlin getrennt waren, so ist auch in Gronau/Enschede trotz offener Grenze sofort am Straßenbild ersichtlich, wo die Grenze verläuft.

Akustisch besonders auffällig ist der Unterschied an Sylvester, dann gibt es schon tagsüber ein Dauerböllern aus Glanerbrug, in dieser Dimension wird in D nicht mit Feuerwerk hantiert.

Bei der Entdeckung von Gronau fallen doch erhebliche Kontraste zwischen den Stadtteilen auf. Wenn man durch das Gewerbegebiet in die Stadt hineinfährt fragt man sich schnell, wie Gronau so viele Autohändler, Spielhallen und Schrotthändler beherbergen kann. Für die Stadtbewohner ist die Händlerdichte jedenfalls völlig überdimensioniert.

Ebenso ist die Kriminalitätsdichte insbesondere in Bahnhofsnähe mit Rotlichtmilieu für eine Mittelstadt überproportional hoch.

Auf der anderen Seite fällt das frühere Gelände der Landesgartenschau (Laga) positiv auf mit dem am Udo-Lindenberg-Platz gelegenen Rock`n-Pop-Museum. Dort sieht man noch die Ruinen der früher hier blühenden Textilindustrie mit der hervorstechenden „Weißen Dame".

Warum hier in Innenstadtlage keine Weiterentwicklung erkennbar ist kann man nur schwer nachvollziehen. Auch in der weiteren Innenstadt gibt es seit Jahren Leerstände und rückläufige Besucherströme.

Nahe der Grenze haben sich mehrere Einzelhändler und lokale Banken auf holländische Kunden eingestellt. Bei dem derzeitigen Preisgefüge profitieren die Gronauer Tankstellen von holländischen Kunden, die zum Tanktourismus gern kurz über die Grenze fahren und besonders Samstagmorgens für Schlangen an den Tankstellen sorgen.

In Grenznähe, dem Gronauer Westen und im Buterland sind sehr viele holländische Familien wegen der günstigeren Miet- und Immobilienpreise ansässig geworden, da wird oftmals mit der ganzen Familie täglich gependelt.

Vor diesem Hintergrund habe ich mit der Zeit „wunnebare" Menschen kennengelernt, die entweder in der Region geboren sind oder zumindest hier schon länger leben und sich auf beiden Seiten der Grenze bestens auskennen.

Individuelle Porträts sind wegen der persönlichen Nähe besonders gut möglich und es wurden auch Anekdoten aus länger zurückliegenden Zeiten erzählt.

Der rote Faden der Geschichten ist durch Berichte über Wohnen in D/NL, Kindergarten- und Schulbesuch auf beiden Seiten oder berufliche Verankerung jenseits und diesseits der Grenze schnell gefunden.

Die Protagonisten des Buches gibt es so wirklich, die Geschichten sind echt und nicht wie sonst üblich frei erfunden.

In diesem Buch kommen unterschiedlichste Persönlichkeiten zu Wort, z. B.: Ein Flüchtlingshelfer neben einem Kriminalpolizisten, ein Fahrrad- und ein Küchenhändler,

Krankenschwestern und Kauffrauen, eine Studentin, ein Unternehmensberater und ein Tai-Chi-Meister.

Dem Leser möchte ich mit dieser Zusammenstellung eine Freude machen und deutlich machen, wie sehr es gerade in Grenzbereichen auf die dortigen Menschen ankommt.

Sie haben als „wunnebare Menschen" dort ihren Platz gefunden und sind es wert, einmal mit ihren lebendigen und energievollen Geschichten im Mittelpunkt zu stehen.

Euer

Johnny Buterland

Der Flüchtlingshelfer

Jan, Jg. 84, Sozialarbeiter

Johnny: *Hallo Jan, danke für deine Bereitschaft, mir Rede und Antwort zu stehen. Du bist ja wechselweise in D und NL aufgewachsen. Wie war der Start in NL?*

Jan: Nach der Kita in Gronau bin ich mit 5 Jahren in die holländische Vorschule eingeschult worden. Nach einigen Tränen wegen der fehlenden sprachlichen Verständigung habe ich mich dort recht schnell eingewöhnt und durch den Kontakt mit den Mitschülern habe ich Holländisch sehr schnell gelernt. Trotzdem musste ich aber eine Klasse wiederholen, da ich zwar in den Fächern gut war, aber das sprachliche Defizit anfangs doch noch zu erheblich war. Schwieriger war für mich eigentlich die Rückkehr nach D, wo mir z. B. die Groß- und Kleinschreibung und die Grammatik sehr zu schaffen gemacht hat.

Johnny: *Nach der Schule hast du dann ein Studium in Enschede aufgenommen. Wie lief es dort so?*

Jan: Ja, ich hatte mich für ein Studium Sicherheitsmanagement entschieden, ein sehr innovativer Studiengang. Dort wurden Kenntnisse im Management, in verschiedenen Sicherheitsbereichen, im Brandschutz und auch über die Arbeitssicherheit vermittelt. Das Studium habe ich mit dem Bachelor abgeschlossen und hoffte danach auf einen guten Job. Leider war mir allerdings bei der Arbeitssuche der fehlende holländische Pass sehr im Weg. Es gab wohl passende Stellen in NL, aber in den Bereichen bei der holländischen Polizei und der Berufsarmee wurde die holländische Staatsbürgerschaft vorausgesetzt. In Deutschland war der Studiengang noch zu unbekannt, so dass ich am Ende ein Zweitstudium Soziale Arbeit aufgenommen habe. Die Studienzeit in Enschede insgesamt war gut. Mit meinen Sprachkenntnissen hatte ich Vorteile und hatte viele Kontakte in Enschede und Gronau.

Johnny: Dein zweiter Studienabschluss Sozialarbeiter fiel in die Zeit der Flüchtlingskrise und war bei deiner

Qualifikation sicher hilfreich, um im Arbeitsleben Fuß zu fassen.

Jan: Ja, das passte sehr gut, weil die Kombination von Kompetenzen aus der Sozialarbeit mit Sicherheitsexpertise ja genau auf dem Arbeitsmarkt nachgefragt wurde. So bekam ich die Einstellungsmöglichkeit für die jetzige Position als Teamleiter einer Flüchtlingseinrichtung für unbegleitete minderjährige Flüchtlinge zwischen 14 und 18 Jahren. Die erlernten Fähigkeiten und Kenntnisse im der Krisenbewältigung haben da schon sehr geholfen. Das Arbeitsgebiet war ja immerhin Neuland für alle Beteiligten.

Johnny: *Aus welchen Nationen kommen die Flüchtlinge?*

Jan: Anfangs kamen die meisten aus Syrien, Irak und Afghanistan, inzwischen sehen wir aber auch vermehrt Ankömmlinge aus afrikanischen Staaten wie Sambia, Ghana oder Guinea.

Johnny: *Gibt es bei euch Konflikte mit nationalem Hintergrund?*

Jan: Nein, die Jugendlichen sind einfach heilfroh, der Gewalt entflohen zu sein, und machen sich die Konflikte der Erwachsenen nicht zu eigen. Untereinander gibt es schon mal Raufereien, aber keine ernsthaften Konflikte. Man darf letztlich auch nicht vergessen, dass es sich um Jugendliche in der Pubertät und teils traumatisierte Flüchtlinge handelt.

Johnny: *Werden die Kinder von ihren Familien vorgeschickt?*

Jan: Ja, ganz sicher ist das in 95% der Fälle so. Ein Familiennachzug ist aber nach den Gesetzen schwieriger geworden mit Vorlaufzeiten von 3-5 Jahren.

Johnny: *Wie ist die Motivation hinsichtlich der Integration?*

Jan: die Jugendlichen haben wirklich eine sehr hohe Motivation, die muss man nicht in die Schule scheuchen, die wollen Deutsch lernen. Dabei sind die Vorkenntnisse allerdings extrem unterschiedlich, je nach sozialem Status im Herkunftsland. Viele haben nur Grundschulkenntnisse und mussten ab etwa 9 Jahren arbeiten gehen, um die Familie durchzubringen. Sehr hoch ist auch die Motivation im Sport. Wir haben einen Fitnessraum eingerichtet zum Training. Den höchsten Stellenwert hat allerdings der Fußball. Die Jungen träumen alle von einer Fußballerkarriere. Vor Ort haben wir einen sehr guten Kooperationspartner mit Westfalia Gemen, wo bereits 8-10 Flüchtlinge im Verein mitspielen.

Johnny: *Gibt es bei euch Versuche einer Beeinflussung z. B. aus der Salafistenszene?*

Jan: Nein, das haben wir nicht festgestellt. Die Jugendlichen sind zu 99 % muslimischen Glaubens und gehen auch zur Moschee. Tendenzen einer Radikalisierung wie andernorts sind uns bisher nicht begegnet.

Johnny: *Gab es Gefährdungen seitens der Rechtsradikalenszene?*

Jan: Nein, das liegt wohl auch mit an der Region. Anders als z. B. in den neuen Bundesländern oder teilweise im Ruhrgebiet stellen wir derzeit keine besonderen Gefährdungen fest.

Johnny: *Dürfen die Flüchtlinge nach NL ausreisen?*

Jan: Nein, sie dürfen sich nur in einem Radius von 10 km bewegen. Bei einer späteren Duldung in D können sie sich zwar in D frei bewegen, dürfen das Land aber nicht verlassen.

Johnny: *Du bist ja privat auch sportlich sehr aktiv. Gibt es dort grenzüberschreitende Begegnungen?*

Jan: Ja, besonders beim Badminton als internationalem Sport gibt es häufiger Turniere mit holländischen Vereinen,

	teilweise sind auch Sportler aus Belgien dabei.
Johnny:	*In euer Familie ist die Insel Texel sehr beliebt?*
Jan:	Schon als Kinder sind wir fast jährlich mit der Familie nach Texel gefahren und haben uns immer sehr wohl gefühlt. Wir sind dort auf offene und sehr gastfreundliche Menschen getroffen und das Urlaubsparadies Texel bietet gerade Kindern viele Spielmöglichkeiten.
Johnny:	*Lieber Jan, herzlichen Dank für deine offenen Worte und viel Erfolg bei deiner Arbeit!*

Die Logistikerin

Hille, Jg. 58,
Industriekauffrau für internationale Logistik

Johnny: *Hallo Hille, erst einmal bedanke ich mich für deine Bereitschaft, mir von deinem Leben an der deutsch-holländischen Grenze zu erzählen.*

Hille: In meiner Jugend- und Kinderzeit lag mir Holland nicht besonders, das hat sich im Laufe der Jahre aber geändert. Es war mir anfangs etwas fremd, als Gronauerin war die Großstadt Enschede schon Respekt einflößend, ich war damals aber auch etwas schüchtern. Wir konnten gut mit dem Fahrrad bis nach Enschede fahren, von unserem Elternhaus bis zur Grenze waren es nur 2 Kilometer. Der Holländische Markt in der Enscheder Innenstadt war attraktiv, besonders auch das Fisch-und Käseangebot. Als Jugendliche konnten wir günstig einkaufen, besonders T-Shirts und andere Kleidung. Die war in den 70-Jahren in Holland deutlich preisgünstiger und moderner. Aus praktischen Gründen hatten wir immer 2 Portemonnaies für Gulden bzw. D-Mark dabei. Man konnte dann in der

Landeswährung zahlen. Die Geschäfte nahmen auch D-Mark oder Wechselstuben konnten vor Ort helfen.

Johnny: *Welche Beziehungen hatten deine Eltern nach Holland?*

Hille: Die Schwester meiner Mutter lebte in Enschede, dort waren wir häufig zu Besuch. Meine Sprachbarriere war damals hinderlich, es hat sich aber mit den Jahren gebessert.

Johnny: *War Holländisch Pflichtfach in der Schule?*

Hille: Nein, in den 70' Jahren noch nicht, später gab es die Möglichkeit eines bilingualen Unterrichts bei meinen Kindern oder Kurse an der VHS.

Johnny: *Was sind Hauptunterschiede zu heute?*

Hille: Die wesentliche Änderung sind der Wegfall der Grenze, fehlende Grenzposten und der Entfall der Ausweiskontrolle. Man musste ja früher z. B. Zigaretten, Kaffee oder Tee verzollen. Heute kann man sich hin und her bewegen wie man gerade will. Beim Einkaufen findet sich jetzt bei den Textilien kein wesentlicher Unterschied mehr. Vornehmlich kaufe ich im großen Lebensmittelmarkt in Enschede viele holländische Produkte. In Holland haben sich die Märkte zielgerichteter auf ein Angebot für Singles oder Berufstätige eingestellt und bieten dabei schmackhafte und schnell zubereitbare Speisen an.

Johnny: *Gab es durch die Grenznähe spezielle Gefahren für deine beiden Kinder?*

Hille: Nein, da kann ich mich nicht an spezielle Begebenheiten bis auf eine erinnern: Das Sylvesterfeuerwerk ist ja in Holland noch deutlich imposanter und lauter als in Gronau. Die Kinder wurden jedenfalls mit frisch erworbenen Böllern in Holland an der Grenze angehalten und mussten ihre Böller komplett abgeben. Zusätzlich gab es noch eine Anzeige und ein Bußgeld. Bei einer Unterredung mit den Grenzern mit Hinweis auf doch sonst tolerierte Mitbringsel war jedoch kein Entgegenkommen erreichbar. Da waren die Jungs natürlich enttäuscht, haben aber sicher Wege gefunden, an Sylvester auf ihre Art Spaß zu bekommen. Mit Coffeeshops habe ich persönlich keine Erfahrungen gemacht, in der Nachbarschaft war allerdings zeitweise ein süßlicher Geruch nicht zu verleugnen. In Gronau gab es schon traditionell immer Erfahrungen mit Schmuggel in kleinerem Maßstab mit Kaffee, Tee und Zigaretten unter dem Autositz, heute hat es sich mehr von Kavaliersdelikten auf Drogen verlegt. Bei Fußballgroßereignissen werden in Holland deutlich mehr Fahnen gehisst und die Farbe Oranje ist im Buterland allgegenwärtig. Gern wird auch wie bei der aktuellen EM das Lied „Ohne Holland fahren wir zur EM" aus Schadenfreude angestimmt. Tatsächlich halten aber viele Holländer auch mit der deutschen Nationalmannschaft, wenn die eigene Elf mal nicht qualifiziert ist. Im Modebewusstsein sind die holländischen Jugendlichen den deutschen weiterhin einen Schritt voraus, Modisches fällt eher in Enschede auf. Die Essensgewohnheiten unterscheiden sich doch teilweise deutlich. In Holland gibt es mittags eher nur ein Lunchpaket. Die Hauptmahlzeit mit warmen Speisen wird um 18 Uhr eingenommen, um diese Zeit sind dann auch die Pommesbuden bei uns gut besucht.

Johnny: *Liebe Hille, ganz herzliches Dankeschön für dieses Gespräch.*

Die Krankenschwester

Uta, Jg. 63, Krankenschwester

Johnny: *Hallo Uta, herzlichen Dank für deine Bereitschaft zu diesem Interview. Zunächst meine Frage: Bist du eigentlich gebürtig aus Gronau oder Wahl-Gronauerin?*

Uta: Wir sind vor Jahren zugezogen. Wesentlicher Grund dafür war die Grenznähe, da mein Mann in Holland berufstätig ist und zur Arbeit pendelt. Es war mir schon wichtig in D zu bleiben, da ich mit unserem System vom Kindergarten bis zur Schule vertraut bin, und auch sprachlich kein perfektes NL spreche. Insbesondere wegen der Kinder haben wir uns zu einem Wohnsitz in D entschlossen. Die günstigeren Rahmenbedingungen in Deutschland sprachen auch für einen Wohnsitz in Gronau.

Johnny: *Wie hast du deinen Mann kennengelernt?*

Uta: Meinen 30. Geburtstag habe ich mit einer Freundin in Amsterdam gefeiert und dabei meinen jetzigen Mann kennengelernt. Zunächst hatten wir eine Fernbeziehung, die auch von unseren Schichtdiensten als Polizist bzw. als Krankenschwester abhing. Da mein Mann viele Überstunden ableisten musste konnten wir aber auch mal zusammenhängende Zeiten beim Überstundenausgleich miteinander verbringen.

Johnny: Hattest du ein besonderes Faible für holländische Männer?

Uta: Nein gar nicht, das Interesse war einfach ganz personenbezogen.

Johnny: Wie war bzw. ist das Leben in einer D-NL Familie?

Uta: Nicht anders wie auch sonst in anderen Familien. Schwierig war anfangs in Gronau das Familienleben zu organisieren bei Berufstätigkeit mit Schichtdiensten und ohne

Unterstützungsmöglichkeit durch z. B. am Ort ansässige Eltern.

Johnny: *War die Grenze in irgendeiner spezifischen Form ein Hindernis?*

Uta: Nein, die spielte keine Rolle.

Johnny: *Sind die NL-Bewohner in Gronau unter sich eine eingeschworene Gemeinschaft?*

Uta: Nein, das kann man nicht sagen, nach meinem Eindruck gibt es da eine große Offenheit. Insbesondere finden wir Feiern in NL sind eher etwas lockerer und lebhafter.

Johnny: *Hast du im Beruf als Krankenschwester auch mit NL-Patienten zu tun?*

Uta: Nein, persönlich habe ich in meinem Fachgebiet nicht mit NL-Patienten zu tun, allenfalls mal als Notfall bis zu einer nach Stabilisierung erfolgenden Verlegung nach

NL. Wesentlicher Hinderungsgrund ist weiterhin der Versicherungsstatus über die Krankenkasse. Es gibt wohl auch Sonderverträge am Allgemeinkrankenhaus, welches NL-Patienten bei Spezialbehandlungen einen Aufenthalt im Gronauer Krankenhaus ermöglicht.

Johnny: *Wie haltet ihr es mit der Sprache in der Familie?*

Uta: Wir sprechen generell Deutsch in der Familie. Anfangs hat mein Mann sich bemüht, den Kindern Niederländisch beizubringen. Das ständige Hin und Her zwischen Deutsch und Niederländisch hat sich dann aber als zu mühsam herausgestellt, so dass die tägliche Verständigung bei uns in D erfolgt. Die Kinder verstehen aber NL gut.

Johnny: *Wie regelst du es mit dem Einkaufen in NL bzw. D?*

Uta:	Das handhabe ich recht spontan und fahre meistens entweder nach Enschede oder Ochtrup.
Johnny:	*Kannst du mir noch eine Anekdote aus deinen D/ NL Erfahrungen erzählen?*
Uta:	Ja, gerne. Bei meinem ersten Kontakt mit meinen Schwiegereltern wurde ich gefragt ob ich gern Kaffee möchte. Dazu hat meine Schwiegermutter dann eine Keksdose aus dem Schrank geholt und ich habe mir einen Keks genommen. Ich habe nicht schlecht gestaunt als die Keksdose nach nur einem Keks direkt wieder im Schrank verschwand. Es ist allerdings durchaus üblich dass in NL z. b. beim Kaffeetrinken nur ein Stück Kuchen pro Person und nicht gleich der ganze Kuchen verteilt wird. Auch in meiner Familie gab es eine prägnante Situation, als ich meinem Vater eröffnet habe, dass ich einen Holländer als Mann kennengelernt habe. Mein Vater erwiderte ganz direkt: **„Niederländer sind ja keine Ausländer!"** und damit war das Thema erledigt.
Johnny:	*Vielen Dank für dieses Gespräch.*

Der Kripobeamte (NL)

Willem, Jg. 60, Kripobeamter (NL)

Johnny: *Hallo Willem, herzlichen Dank für deine Zeit und Bereitschaft zum Interview. Wie bist du nach Gronau gekommen und was war der Grund?*

Willem: Hintergrund unseres Wohnsitzes ist die Familiengründung gewesen. Wir haben gemeinsam trotz meiner Arbeit in NL einen Wohnsitz in Grenznähe gesucht. Die Kinder sollten im deutschen Schulsystem und primär deutschsprachig aufwachsen, was meiner Frau entgegenkam. Zusätzlich gibt es auch den Nebeneffekt dass die Immobilienpreise auf der deutschen Seite der Grenze günstiger sind und man dadurch die Wohnsituation für eine Familie verbessern kann.

Johnny: *Wie hast du deine spätere Ehefrau kennengelernt?*

Willem: 1993 war ich in Amsterdam im Nebenjob bei einem Jugendhotel als Sicherheitskraft tätig und habe sie bei der Feier ihres 30. Geburtstages kennengelernt.

Johnny: Gab es in deiner Familie oder bei Freunden Vorbehalte gegenüber einer deutschen Frau?

Willem: Eigentlich nicht. Amsterdam ist ja eine Weltstadt mit Gästen aus der ganzen Welt. Da ist es heutzutage nichts Besonderes, wenn sich eine deutsche Frau und ein holländischer Mann kennenlernen. In der Familie ist es in der älteren Generation schon so, dass persönliche schlechte Erfahrungen aus dem 2. Weltkrieg noch heute auf Beziehungen zu Deutschen lasten, in meiner Generation oder auch bei unseren Kindern ist davon aber nichts zu spüren.

Johnny: Ihr habt euren Lebensmittelpunkt in D obwohl du in NL bei der Kripo arbeitest. Gibt das praktische oder behördliche Probleme?

Willem: In der Anfangszeit schon. Damals musste ich z. B. bei behördlichen Regelungen extra zum Konsulat. Das ist heute besser durch eine Behörde in Enschede geregelt wo ich meine Angelegenheiten einfach erledigen kann. Probleme mit z. B. Gehaltsüberweisungen sind inzwischen durch Abkommen geregelt. Schwierig war am Anfang eine rechtliche Unsicherheit. Bei der Geburt unseres ersten Sohnes waren wir noch nicht verheiratet. Wenn meiner Frau damals etwas zugestoßen wäre hätte ich Schwierigkeiten mit dem Sorgerecht bekommen. All diese Dinge sind durch internationale Regelungen auf EU-Ebene und bilateral wirklich besser geworden.

Johnny: *Durch deine spezifischen Kenntnisse auf beiden Seiten der D-NL-Grenze hast du sicher einen guten Überblick auf polizeiliche Aktivitäten. Welche Strukturunterschiede gibt es da?*

Willem: Die Kripo auf NL-Seite übt Tätigkeiten aus, die in D früher vom Bundesgrenzschutz verrichtet wurden, also jetzt der Bereich Bundespolizei. Da gibt es eine permanente

Zusammenarbeit. In den Streifenwagen gibt es auch gemischte D-NL-Teams, die grenzüberschreitend tätig werden. Dann liegt die jeweilige Federführung bei dem Kollegen auf dessen Staatsgebiet man sich gerade befindet. Das ist im sogenannten „Enscheder Abkommen" im Detail geregelt.

Johnny: *Gibt es eine spezifische Grenzkriminalität?*

Willem: Ja, schon, relativ häufig sind Verstöße gegen das Betäubungsmittelgesetz aber auch gegen Waffengesetze und andere Kriminalitätsbereiche. Die Kollegen auf der Streife sind speziell geschult um Verdächtige aufzuspüren. Es wird stichprobenartig geprüft und bei ernsthaften Auffälligkeiten werden die Personen zu uns auf die Dienststelle überführt. Dort haben wir mit unseren technischen Möglichkeiten bessere Chancen insbesondere die Hintergründe bei Verdacht auf Straftaten zu ermitteln. Dazu gibt es Verbindungen zu Interpol und Europol. In den letzten 2 Jahren ist die Fahndung nach Geldwäscherei auch mit sicherheitspolitischer Unterstützung intensiviert worden. Dabei ist festzustellen, dass es in diesem Bereich tatsächlich Kriminalitätszuwächse gegeben hat.

Johnny: *Du hast im Rahmen deiner Tätigkeiten auch Auslandseinsätze mitgemacht. War das freiwillig?*

Willem: Nein, zum damaligen Zeitpunkt gab es die Direktive, jeder Polizist der Dienststelle hat auch zeitlich befristet an Auslandseinsätzen teil zu nehmen. Das hat sich zwischenzeitlich aber auch geändert. Es gibt durchaus Kollegen die gerne für bestimmte Zeit an solchen Auslandseinsätzen teilnehmen und diese werden ja auch durch finanzielle Anreize oder bessere Beförderungsmöglichkeiten belohnt.

Johnny: *Hast du den Eindruck du hast dich durch diese Einsätze persönlich verändert?*

Willem: Nein, den Eindruck habe ich nicht und das wurde mir in der Familie oder von Freunden und Bekannten so nicht zurückgespiegelt. Diese Einsätze sind schon menschlich sehr hart und ich habe in dieser Zeit viele Tote gesehen bei insgesamt großer Gewalttätigkeit. Nach Rückkehr gibt es leider durchaus Kollegen die Probleme in der Verarbeitung haben, was unter Umständen auch zu Gewalt in der häuslichen Umgebung führen kann.

Johnny: *Spielt die Flüchtlingswelle für eure Tätigkeit eine Rolle?*

Willem: Ja, sicher, da haben wir in den letzten 2 Jahren ja eine regelrechte Welle erlebt. Dabei erhalten wir recht frühzeitig Informationen, wenn wieder größere Flüchtlingsströme zu erwarten sind.

Johnny: *Ist NL für Migranten attraktiv?*

Willem: Eher nicht. Die meisten Migranten nutzen NL eher als Transitland um weiter nach England, Skandinavien oder D zu kommen. In der Regel sind sie recht gut informiert was man bei Befragungen sagen muss um an

Sozialleistungen zu kommen. Die Schlepperbanden haben ein gutes Informationsnetz und wissen genau, wo es attraktiv zum Bleiben ist. NL ist da vergleichsweise wenig attraktiv als Daueraufenthalt.

Johnny: *In einigen Jahren wirst du in Pension gehen. Gibt es da spezielle Unterschiede zwischen D und NL?*

Willem: Eigentlich sind die Unterschiede nicht gravierend. Auch in NL hat es in den letzten Jahren Kürzungen gegeben die aber nicht sehr erheblich sind.

Johnny: *Wie bevorzugst du es mit der Sprache in der Familie?*

Willem: Meine Absicht war eigentlich, mit den Kindern niederländisch zu sprechen. Das war aber mit der Zeit einfach zu anstrengend mit dem Hin und Her springen und wir reden Deutsch als Familiensprache. Nur wenn ich mal richtig ärgerlich bin rutscht dann schon mal ein holländisches Schimpfwort heraus.

Johnny: *Fan der holländischen Fußballnationalmannschaft zu sein war ja zuletzt nicht so einfach. Wie sieht es da bei dir aus?*

Willem: Da ich ja kein großer Fußballfan bin ist das nicht wirklich schwierig für mich. In der Familie necken wir uns da ganz gerne. Wenn es mal wieder heißt „ohne Holland fahren wir zur EM" drücke ich schon mal die Daumen für D wenn es gegen Dritte geht.

Johnny: *Danke für deine Offenheit, insbesondere im Hinblick auf deine Polizeitätigkeit.*

Die Krankenschwester in Werkstatt für Behinderte

Ulla, Jg. 56, Krankenschwester, Werkstatt für Behinderte

Johnny: *Danke für deine Zeit und die Bereitschaft zum Interview. In welchem Zeitraum hast du in NL gelebt und wie war deine Situation?*

Ulla: Das war 1989 und damit zu einer Zeit als es noch die Grenze mit Kontrollen und Zoll gab. Da mein Elternhaus in Grenznähe stand sind wir quasi mit dem Nachbarland aufgewachsen. Schon als Kind habe ich spielerisch holländisch gelernt. Wir waren häufiger bei unserer Tante in Enschede zu Besuch und ich habe dort schon früh selbständig eingekauft und konnte mich verständigen. Mit einer Freundin konnte ich eines Tages auch mal die Schule kennenlernen. Da fiel sofort auf, dass die Lehrer geduzt wurden und der Unterricht sich bis in den Nachmittag zog. In NL war es normal, wenn mal ein Kind zur Toilette gehen musste, dass es einfach ging, während in D ein formelles Melden beim Lehrer erwartet wurde.

Johnny: *Gab es Unterschiede in der Zeit als Jugendliche?*

Ulla: Ja, auf jeden Fall. Das Straßenbild in NL ist anders, auch die Mode in NL erschien mir flotter und moderner. Erinnern kann ich mich daran, dass in NL viel früher Kniestrümpfe getragen wurden.

Johnny: *Was meinst du mit anderem Straßenbild?*

Ulla: Das betrifft zunächst einmal die Häuser aber auch den Straßenbau und die Radwege. Auffälliger ist aber das „Lichtspiel" am Abend. Dann kann man in die beleuchteten Häuser und das Familienleben hineinschauen, da keine Gardinen an den Fenstern den Blick verstellen. Da ist es in Gronau im Vergleich ganz dunkel wegen zugezogener Gardinen oder Rolladen.

Johnny: *Als Krankenschwester kennst du die Systeme in D und NL gleichermaßen. Wie sind die Unterschiede?*

Ulla: Patienten gehen in NL obligatorisch zunächst zu ihrem Hausarzt. Wenn notwendig wird man von dort zu einem Facharzt überwiesen, der regelhaft an einer Klinik seine Praxis führt. Die Fachärzte in eigener Praxis wie in Deutschland gibt es so nicht in den Niederlanden. Als Krankenschwester war der Arbeitsstil doch deutlich anders als in Deutschland. Das Selbstverständnis war schon, als Team zu arbeiten, und es war nicht so streng hierarchisch geregelt wie in D. Hinsichtlich der Tätigkeitsfelder gab es differenzierte Zertifikate, die es gut qualifizierten Schwestern erlaubte, auch neben der reinen Pflege zusätzliche Aufgaben wie Blutabnahme, Laborkontrolle oder Dekubituspflege vorzunehmen. Mein deutsches Diplom wurde allerdings als eher niedrige Qualifikation eingestuft. Die Rehabilitation ist regelhaft an den Kliniken mit angesiedelt, nicht in eigenen Reha- bzw. Kurkliniken wie in Deutschland. Nach der Klinikbehandlung folgt dann die Entlassung in ambulante Weiterbehandlung.

Johnny: Gibt es aus der Zeit in Enschede noch persönliche Kontakte?

Ulla: Die Kontakte zu Nachbarn und Freunden haben sich lange gehalten sind aber durch wechselseitige Umzüge seltener geworden. Es ist wohl auch typisch für holländische Familien, dass insgesamt häufiger und schneller umgezogen wird, wenn sich berufliche Veränderungen ergeben.

Johnny: Siehst du Unterschiede zwischen holländischen und deutschen Männern?

Ulla: Ja, in der Jugend hatte ich mit holländischen Jugendlichen viel Spaß, alles war dort etwas unkomplizierter, wir haben viel gelacht. Als erwachsene Frau finde ich die deutschen Männer allgemein charmanter und höflicher.

Johnny: Während deiner Zeit in NL hat eure Familie Zuwachs bekommen und du hast deine Tochter dort geboren. Was ist dir damals aufgefallen?

Ulla: Die Betreuung insgesamt war sehr persönlich und wurde federführend von einer Hebamme geleitet. Die Behandlung empfand ich als sehr unkompliziert obwohl ich wegen einer Risikoschwangerschaft auch ärztliche Hilfe in Anspruch nehmen mußte. Auch in diesem Bereich wurde gleich geduzt und es wurde schnell ein gutes Vertrauensverhältnis aufgebaut.

Johnny: *Kannst du dich an Behördenprobleme erinnern?*

Ulla: Nein, mit einem auch in NL bekannten Hausnamen habe ich wohl den Eindruck erweckt, ich sei eine nach einem Deutschlandaufenthalt zurückgekehrte Holländerin und alles war einfach. Trotzdem musste ich natürlich zur Fremdenpolizei und damals auch noch zum Zoll. Als Jugendliche kannten wir uns natürlich bestens grenznah aus und fuhren schon öfter über die grüne Grenze. Auch beim Zoll kannten uns viele Zöllner schon persönlich.

Johnny: *Mit der Grenze verbinden deine Vorfahren aber auch andere Erinnerungen?*

Ulla: Ja, das stimmt. Im 2. Weltkrieg hat mein Großvater Menschen über die grüne Grenze begleitet, die vor den Nazis fliehen mussten. Auf der holländischen Seite gab es dann andere Helfer, die die Flüchtlinge dann weitergeleitet haben. Mein Onkel hat mir darüber berichtet. Er wurde schon als Kind mit in die Schleusung eingebunden, weil Kinder nachts wegen ihrer geringen Größe einfach nicht so schnell entdeckt werden konnten. Als Kinder fanden die Jungen die Situation nicht so toll wegen der nächtlichen Einsätze und der Gefahren.

Johnny: *Wie war der Wechsel zurück nach Deutschland für die Familie?*

Ulla: Es war schon eine organisatorische Herausforderung. Wir waren als berufstätige Eltern gewohnt, dass unsere Kinder tagsüber bis 16 Uhr gut betreut waren. Jetzt gab es plötzlich sehr unterschiedliche Zeiten in der Schule, die Eltern waren anders in den

Tagesablauf eingebunden. Auch die Kinder mussten sich sprachlich und hinsichtlich der Disziplin umstellen. Die gewohnte Lernumgebung in Gruppen war auch abgelöst durch Frontalunterricht.

Johnny: *Was machst du jetzt beruflich?*

Ulla: Als Krankenschwester habe ich mich spezialisiert und arbeite in einem Intensivbereich für schwer gehandicapte Menschen in einer Werkstatt für Behinderte.

Johnny: *Gibt es einen Austausch mit NL Einrichtungen?*

Ulla: Ja, es gibt vergleichbare Einrichtungen auch in Enschede und Losser. Aus Gründen der Sozialversicherung und auch aus sprachlichen Gründen existiert aber keine Betreuung von holländischen Patienten in Deutschland. Beim Personal pflegen wir aber schon einen fachlichen Austausch und profitieren beidseitig davon.

Johnny: *Liebe Ulla, herzlichen Dank für unser Gespräch.*

Der Dipl.- Heilpädagoge und Tai-Chi-Meister

Norbert, Jg. 54, Dipl.-Heilpädagoge und Tai-Chi-Meister

Johnny: *Wann hattest du als Rheinländer erstmals Kontakt zu Gronau und wie war der erste Eindruck?*

Norbert: Der erste Eindruck war sehr deprimierend. Wir sind aus dem Zug am Bahnhof Gronau ausgestiegen um dort meine Schwiegereltern zu besuchen. Der Bahnhof war heruntergekommen und versifft und es roch sehr unangenehm. Am liebsten wäre ich sofort zurückgefahren. Das war vor ca. 40 Jahren, inzwischen ist das Bahnhofsgebäude erneuert worden und eine Sanierung hat Verbesserungen gebracht.

Johnny: *Ihr habt dann einige Zeit in Enschede gelebt. Wie sind deine Erinnerungen?*

Norbert: Zunächst war im neuen Wohnquartier eine deutlich bescheidenere Wohnausstattung auffällig, sowohl hinsichtlich der Wohnfläche wie auch im Innenausbau. Die Wohnungen im Viertel entsprachen einem Reihenhauscharakter, in den Wohnungen war z. B. auffällig, dass sich die Leitungen über Putz befanden. Die Häuser lagen in einer Sackgasse mit Spielstraßencharakter. Schon zu Beginn kam es entgegen unserer Erwartungen zu einer sehr freundlichen Aufnahme in die dortige Gemeinschaft. Wir hatten schnell Kontakte zu den Nachbarn und es herrschte eine rege Kommunikation. Es war einfach alles offener und unkomplizierter. Die Kontakte beruhten auch nicht auf Einladungen wie wir es in D gewohnt waren sondern es kam häufig zu relativ spontanen Zusammenkünften mit 4-6 Nachbarn in verschiedenen Wohnungen. Da mir die holländischen Sprachkenntnisse fehlten war die Verständigung am Anfang schwierig. Die Nachbarn haben aber meinen Willen zur Erlernung der holländischen Sprache durch „Learning by doing" und den Besuch von VHS-Kursen anerkannt. Unser Sohn hat natürlich durch seinen Schulbesuch niederländisch sehr viel schneller gelernt.

Johnny: *Gab es dort sprachlich bedingte Missverständnisse oder bist du in Fettnäpfchen getreten?*

Norbert: An gravierende Missverständnisse kann ich mich nicht erinnern. Ansonsten hat man es mir wohl nachgesehen und ist über Fehler einfach hinweggegangen.

Johnny: *Hättest du als Dipl.- Heilpädagoge auch in NL arbeiten dürfen?*

Norbert: Die Frage hat sich für mich nicht gestellt. In Holland nennt man das Berufsbild wohl Orthopedagoog. Zu der Zeit war ich aber als Heilpädagoge selbständig in Gronau in freier Praxis tätig und wir hatten lediglich in Enschede unseren Wohnsitz. In Deutschland gibt es 2 Wege zum Berufsbild des Heilpädagogen: 1. Studium und Abschluss als Dipl. Heilpädagoge oder 2. über den Weg des Erziehers mit Fortbildung an einer Fachschule und Abschluss als staatl. geprüfter Heilpädagoge, ich habe den ersten Weg beschritten.

Johnny: *Was machst du jetzt beruflich?*

Norbert: Seit 2001 leite ich ein Projekt der stationären Jugendhilfe für schwer traumatisierte Kinder und Jugendliche in der Nähe von Senden. Ziel der Einrichtung ist die Unterstützung einer positiven Entwicklung der Kids. Es sind durchgängig 6 Plätze belegt, zusätzlich leben dort 2 Kids in einer Übergangssituation. Im Durchschnitt beträgt die Aufenthaltsdauer ca. 2, 5 Jahre. Die Aufnahme erfolgt nach Vorschlägen der Jugendämter und es werden regelhaft solche Vorschläge unterbreitet bei denen andere Einrichtungen an die Grenzen ihrer Möglichkeiten gestoßen sind. Der Tagesablauf ähnelt durchaus denen in einer Familie mit morgendlichen Schulbesuch. Zusätzlich gibt es aber Therapieangebote und Sportangebote. Die Hauptprobleme der Kids bestehen darin dass sie verhaltensauffällig werden mit impulsiven Durchbrüchen und aggressivem Verhalten. Mit den von mir weiterentwickelten Techniken der Traditionellen Chinesischen Bewegungstechnik können wir traumatherapeutisch auf der emotional-körperlichen Ebene einen Zugang zu den

Jugendlichen finden. Die Wirksamkeit wurde über einen Zeitraum von 4 Jahren wissenschaftlich positiv evaluiert hinsichtlich der verbesserten sozialen Kompetenz und des aggressiven Verhaltens. Leider war das Selbstwertgefühl in den Untersuchungen nicht signifikant gestiegen. Als zweite Methodik hat sich, von einem Mitarbeiter eingeführt und als wirksam erwiesen, ein Motocrosstraining etabliert. Dazu gibt es als Sondermöglichkeit die Teilnahme an einem 1-wöchigen Sommercamp in Kroatien in einer Intensivgruppe.

Johnny: *Wie hat das Umfeld auf die Einrichtung reagiert?*

Norbert: Zu Beginn gab es erhebliche Vorbehalte vor Ort, inzwischen ist die Einrichtung aber etabliert und fügt sich in die Gemeinschaft ein. Wir haben auch Jugendliche die in die örtlichen Sportvereine integriert sind.

Johnny: *Wie waren deine ersten Berührungspunkte zum Tai-Chi?*

Norbert: 1978 habe ich an einem 1-wöchigen Kurs an der Sportschule Duisburg-Wedau teilgenommen und dort meinen späteren Lehrer kennengelernt. Das Thema hat mich dann fasziniert und ich war zu regelmäßigen Treffen in England zum Erlernen des Tai-Chi. Nach dem Tod des Meisters 1994 habe ich dann die Lehre insbesondere hinsichtlich des therapeutischen Settings weiterentwickelt. Daneben gibt es natürlich die allgemeine Entwicklung des Tai-Chi, dessen Kurse heute in jeder Gesundheitseinrichtung bekannt sind und woraus weltweit ein Boom entstanden ist.

Johnny: *Profitierst du auch persönlich von deinen Erfahrungen?*

Norbert: Ja, durch permanentes Training fühle ich mich auch mit 62 Jahren weiterhin relativ vital, kann meine Arbeit ausüben und fühle mich geistig flexibel und gesund.

Johnny: *Zum Abschluss noch eine Frage an den Fußballsachverständigen. Was ist los mit dem holländischen Fußball?*

Norbert: Derzeit gibt es wohl eine Neufindungsphase. Über einen langen Zeitraum hat uns ja die holländische Nationalmannschaft auf hohem Niveau begeistert. Warum es jetzt nicht so klappt ist mir auch nicht richtig erklärlich.

Johnny: *Gibt es noch eine Anekdote aus deiner Zeit in Enschede?*

Norbert: Ja, eine sehr schöne sogar. Trotz meiner Sprachprobleme mit rheinländisch-deutsch holländischem Kauderwelsch haben mich die Väter aus der Nachbarschaft gebeten, den Trainerjob für den örtlichen Verein zu übernehmen. Da fühlte ich mich schon sehr „geadelt".

Johnny: *Lieber Norbert, herzlichen Dank für dieses Gespräch und viel Erfolg für deine weitere Tätigkeit.*

Die Kauffrau

Gerda, Jg. 57, Dipl.-Kauffrau

Johnny: *Hallo Gerda, ich danke dir, dass du mir Gelegenheit für dieses Gespräch gibst. Wie bist du eigentlich nach Gronau gekommen und was hat dich hierhin geführt?*

Gerda: Gebürtig stamme ich aus Unterfranken. Dort habe ich vor langen Jahren meinen Ehemann Martin kennengelernt. Er hat damals bei einer großen Waschmaschinenfirma eine Lehre absolviert und während unserer Studienzeit in Darmstadt bzw. Frankfurt sind wir uns dann näher gekommen, so dass Martin mir im Verlauf dann auch seine Heimat in Gronau vorgestellt hat, das war 1980.

Johnny: *Wie war dein erster Eindruck, welche Erwartungen hattest du?*

Gerda: Große oder spezielle Erwartungen gab es eigentlich nicht. Da wir bei den ersten

Besuchen in Martins Elternhaus lebten war man natürlich anfangs gehemmt. Aber wir waren ja sehr jung und haben uns da gar keine großen Gedanken gemacht. Wichtig war zunächst das Studium nach meinem Wechsel von Frankfurt in Münster abzuschließen, das hat ja dann auch alles geklappt. In den ersten Jahren hat man sich, soweit die Zeit es zuließ, auch mehr mit dem Kennenlernen der Region und dem Geschäftsaufbau befasst. Erinnern kann ich mich schon an den immer sehr vollen Markt in Enschede, der reizt mich allerdings jetzt nicht mehr. Privat habe ich mich dann in den Freundeskreis von Martin integriert, der ja seit der Kindheit viele Kontakte in Gronau hat. Im Laufe der Jahre hat sich aber ein neuer gemeinsamer Freundeskreis entwickelt. Wir fühlen uns jetzt in unserer persönlichen Situation sehr wohl in Gronau. Leider hat sich aber die Stadt nicht so im wirtschaftlichen Bereich entwickelt wie wir es uns wünschen würden. Insbesondere sind die Geschäfte vor Ort nicht so einladend, dass ich gern in Gronau einkaufen ginge. Auch der Reiz der holländischen Nachbarschaft hat nachgelassen und ich gehe sehr selten in NL einkaufen, sondern nutze häufiger den Onlinehandel.

Johnny: *Wenn ihr als Weltenbummler mit dem Wohnmobil unterwegs seid, wie ist die Reaktion bei Fragen nach eurer Herkunft, wenn ihr auf Gronau hinweist?*

Gerda: Gronau selbst ist ja nicht so bekannt. Die meisten Ausländer kennen allerdings Münster und auch die Bezeichnung aus der Nähe von Enschede zu stammen dient dann als gute Erklärung.

Johnny: *Welche Erkennungszeichen auf euren Campingplätzen hast du, um NL-Camper wahr zu nehmen?*

Gerda: Die gibt es eigentlich so nicht, bei der Kleidung gibt es nicht so die Unterschiede. Auffällig ist eher das Verhalten z. B. bei geselligem Beisammensein. Da sind holländische Camper schon in der Regel weniger großzügig und spendieren z. B. äußerst selten mal eine Runde.

Johnny: *Wie war es sprachlich mit NL bei dir?*

Gerda: Im Gegensatz zu Martin habe ich kein fließendes NL erlernt. Ein Holländer hat mir auch direkt einmal gesagt, es sei wohl besser, er würde mit mir Deutsch sprechen bevor ich versuche mit ihm Holländisch zu reden. Das habe ich mir dann doch zu Herzen genommen und mich zurückgehalten. Für meine kaufmännischen Tätigkeiten spielte es aber auch kaum eine Rolle, in der Buchhaltung zählen die Zahlen und nicht die Sprache. Schwierig war es schon manchmal, wenn wir Kunden aus Volendam hatten, dort wird ja ein schwer zu verstehender Dialekt gesprochen. Unser direkter Hausnachbar ist ja auch Holländer. Wir kommen sehr gut miteinander aus, da gibt es keinerlei Sprachprobleme. Eine eher unangenehme Anekdote gab es auf einem spanischen Campingplatz. Dort hatten wir einen schön gelegenen Platz vorreserviert und uns schon auf die Belegung gefreut. Leider hatten wir das auch einem NL-Nachbarn erzählt, der prompt vor uns den Platz ergattert hat. Wie sich herausstellte war dieser Urlauber früher Gefängniswärter und kein angenehmer Zeitgenosse, da hat man sich dann wechselseitig ignoriert.

Johnny: *Liebe Gerda, vielen Dank für unser Gespräch.*

Der Ex-Unternehmer

Martin, Jg. 55, Ex-Unternehmer

Johnny: *Hallo Martin, ganz herzlichen Dank für deine Bereitschaft mir dieses Interview zu geben und über deine Erfahrungen aus der Grenzregion zu berichten. Wie waren deine Erfahrungen als Küchenhändler mit unseren holländischen Nachbarn?*

Martin: Okay, insgesamt gesehen war die Zeit doch sehr positiv. Durch die erfolgreiche geschäftliche Zeit bin ich sehr froh, dass es uns gelungen ist, über die Jahre unseren guten Lebensstandard und Wohlstand aufbauen zu können. Die Kundenverteilung war so, dass fast 90 % unserer Kunden aus Holland stammten. Dazu gab es auch Kunden in Spanien, Indonesien, Griechenland und England. Wesentlicher Erfolgsfaktor war dabei die Mund-zu-Mund-Propaganda von Kunde zu Kunde.

Johnny: *Wäre da ein Standort in NL nicht vorteilhafter gewesen?*

Martin: Nein, sicher nicht. Holländische Kunden haben uns gerade wegen des guten Rufes des deutschen Handwerks in NL gesucht. Die deutschen Standards und auch Werte wie Pünktlichkeit und Zuverlässigkeit werden weiterhin hochgeschätzt. Entscheidend ist natürlich aber auch bei diesen Geschäften der faire Preis. Die Holländer sind insgesamt sehr markenbewusst und preissensibel.

Johnny: *Woraus entstehen denn die Preisunterschiede?*

Martin: Während des Geschäftsaufbaus war der Export nach NL noch schwierig mit Abwicklung von komplizierten Zollformalitäten. Das führte aber auch zu Vorteilen, da unser Standort unmittelbar in Grenznähe liegt und andere Küchenanbieter vor den behördlichen Schwierigkeiten zurückgeschreckt sind, dadurch wurde also die Konkurrenz auch kleiner. Im Laufe der Jahre war die entscheidende Triebfeder des Erfolges aber die Empfehlung von Bestandskunden an potentielle Neukunden.

Johnny: *Wie hast du dir Sprachkenntnisse angeeignet?*

Martin: Das war gar nicht schwer. Meine Eltern sprachen plattdeutsch, das war sehr ähnlich dem Twenter Platt. Außerdem sind Holländer insgesamt sehr sprachbegabt und sprechen in der Regel gut Deutsch. Echte Sprachprobleme gab es eigentlich in der Verständigung nicht.

Johnny: *Habt ihr am Anfang auch erst etwas lernen müssen?*

Martin: Ja, ganz sicher. Anfangs sind wir mit unseren Küchen dann auf Probleme gestoßen, wenn Gasgeräte zur Ausstattung gehörten. Diese durften dann nicht von unseren Monteuren eingebaut werden, sondern mussten gesondert von holländischen Monteuren angeschlossen werden. Da haben wir aber Kooperationspartner gefunden und das Problem gelöst. Anfangs war es auch schwierig wegen des hohen Aufwandes bei naturgemäß auch einmal vorkommenden Reklamationen wegen des größeren Zeit-

und Fahraufwandes. Als wir dann fast täglich Kundenbesuche in NL hatten spielte es aber keine wichtige Rolle mehr. Für unsere Preiskalkulation war der Mehraufwand bei der Montage schon zu berücksichtigen. Pro Kücheneinheit musste ja ein Mehraufwand von 2 x 4 h einkalkuliert werden.

Johnny: *Hast du in NL eine Lieblingsstadt?*

Martin: Ja, ganz sicher, das ist Volendam in der Nähe von Amsterdam. Die Menschen sprechen dort einen ganz speziellen Dialekt und sind eine verschworene Gemeinschaft. Wenn man dort Vertrauen gefunden hat wird man sehr häufig weiterempfohlen. Das Verhalten der NL-Kunden war im Vergleich zu D- Kunden auch deshalb schon unterschiedlich, weil die Holländer bei weiterer Anreise schon sehr zielgerichtet zum Kauf in unsere Ausstellung kamen nach vorheriger Info oder Empfehlung oft sogar mit konkreten Ausstattungswünschen. Dahingegen neigen die D- Kunden eher zu ausgeprägten Wettbewerbsvergleichen mit bis zu 8 Besuchen von Küchenhändlern. Da haben wir uns schon lieber auf die NL-

Kunden konzentriert bei wesentlich höherer Wahrscheinlichkeit eines Kaufabschlusses. Der Anreiz für NL-Kunden zum Erwerb von Küchen lag früher auch darin begründet, weil der Küchenkauf quasi Bestandteil der Gesamtfinanzierung einer Immobilie war. Steuerlich konnten die Küchenkosten standardmäßig voll abgeschrieben werden mit den daraus erwachsenden Steuervorteilen. Nach rechtlichen und wirtschaftlichen Änderungen im Zuge der Basel V- Veränderungen für die Banken haben sich die Finanzierungen deutlich verändert und die Gesamthöhe der Bankenfinanzierung sank dadurch. Das macht es für NL-Verbraucher schwieriger beim Küchenkauf. Die gewohnte Vollfinanzierung entfiel mit dadurch ausgelöstem Rückgang der Verkaufstätigkeit im Küchenbereich aber auch bei anderen hochwertigen Gütern.

Johnny: *Sind aus der Geschäftszeit Freundschaften erwachsen?*

Martin: Nein, die Kontakte blieben auf Geschäftsebene, das war von unseren

Kunden auch so gewünscht. Die wollten ein erstklassiges Markenprodukt in bester Montagequalität mit günstigem Preis. Natürlich gehört im Vertrieb auch Freundlichkeit und Vertrauen dazu aber darüber hinaus sind von unseren Kunden keine weitergehenden persönlichen Wünsche erkennbar gewesen.

Johnny: *Gibt es aus deiner Sicht geschäftliche Nischen in NL?*

Martin: Nein, es fällt wohl auf, dass Unternehmensgründungen in NL deutlich schneller
erfolgen. Auch Entwicklungen auf technischem Gebiet wie Einführung des Internet oder Handys laufen in NL fixer, als Händler sind die Holländer da sehr flexibel.

Johnny: *Wenn du Chef der Euregio wärst, was würdest du umsetzen wollen?*

Martin: Es wäre sehr wichtig, die kaufmännischen und wirtschaftlichen Belange weiter zu entwickeln. In NL findet man inzwischen allerorten typische Franchising-Läden so dass die Innenstädte fast austauschbar wirken und keine Individualität mehr ausstrahlen. Außerdem sind die gewerblichen Mieten in NL zu hoch. Auf der anderen Seite hätte Gronau größere preiswertere Flächen zur Verfügung. Insbesondere Güter wie Möbel, Küchen, Lederwaren oder andere Güter mit größeren Verkaufsflächen könnten doch profitieren.

Johnny: *Gab es Besonderheiten während der Geschäftstätigkeit?*

Martin: Ja an besonders spezielle Charaktere kann man sich schon erinnern. Besonders fällt mir ein Kunde ein, der als Schausteller Geisterbahnen betrieb. Der hatte wirklich ein Aussehen als ob er dort selbst ausgestellt werden könnte. Eine besondere Anekdote gab es auch mit einem Enscheder, der in Kneipen zahlreiche Spielautomaten aufgestellt hatte und viel Münzgeld besaß. Während einer Autofahrt sprach er mich an und meinte: „Schau gut hin, gleich fällt ganz Holland vor uns auf die Knie!" Das passierte dann wirklich, weil er aus dem offenen Auto Gulden auf die Straße warf und die Passanten sich sofort bückten, um die Münzen einzusammeln.

Johnny: *Ganz herzlichen Dank für dieses Gespräch!*

Die Studentin der Sonderpädagogik

Wijke, Jg. 90, Studentin der Sonderpädagogik

Johnny: *Herzlichen Dank für deine Bereitschaft für dieses Interview. Du bist in Enschede/ NL geboren, was sind deine ersten Erinnerungen?*

Wijke: Ja, ich kann mich noch gut an unsere Wohnumgebung in Enschede erinnern, an die
Spielstraße und das Wohnviertel. Dort haben wir bis zu meinem 6. Lebensjahr gewohnt. Ich ging dort in einen internationalen Kindergarten und meine beste Freundin stammte aus einer chinesischen Familie. Meine Muttersprache im wahrsten Sinne war Holländisch. Meine Mutter hat mit mir holländisch gesprochen und mein Vater deutsch. Ich selbst habe bis zum 5. Lebensjahr ausschließlich holländisch gesprochen. Meine Umgebung, insbesondere Opa und Oma, wusste aber genau dass ich auch in Deutsch alles verstehen konnte. Mit 5 habe ich dann einer Erzählung zufolge beim Kaffeetisch

plötzlich bei Oma in fließendem Deutsch auf eine Frage geantwortet und alle waren baff.

Johnny: *Hast du mit deiner Geburt automatisch die NL-Staatsbürgerschaft erhalten wie z. B. in den USA?*

Wijke: Nein ich habe einen deutschen Pass, vermutlich könnte ich aber erleichtert einen NL Pass beantragen.

Johnny: *Mit 5 bis du in Enschede eingeschult worden und dann nach Gronau gewechselt. War das schwierig?*

Wijke: Nein, sprachlich war das gar kein Problem, ich habe hinsichtlich der Mitschüler und auch fachlich sofort Anschluss gefunden. Im Dezember gab es die Besonderheit zu Nikolaus. Da wird in Holland der Pakjesavond gefeiert und in die Schule kam dann mit lautem Gepolter und Radau der „Zwarte Piet". In Gronau wurde dann mit der ganzen Familie Heiligabend und Weihnachten gefeiert. Wir haben im

Dezember einfach beides gefeiert und wurden von anderen Kindern sehr beneidet.

Johnny: *Dein Vorname Wijke ist ja in D ungewöhnlich. Wie waren deine Erfahrungen?*

Wijke: Ja das musste ich häufig erklären. Es wurde oft gefragt was ist das, nicht wer ist das. Außerdem wurde die Kombination ij in der Regel falsch ausgesprochen wie z. B. Wieke, Wolke, Welke und Ähnliches. Jetzt ist der Name so etwas wie ein Markenname mit Alleinstellungsmerkmal und das ist doch sehr schön.

Johnny: *Als Jugendliche bist du sicher ausgegangen, mehr in Gronau oder auch nach Enschede?*

Wijke: Bis zum Abi war ich meistens mit meinen Freundinnen in Gronau aus, mit Beginn des Studiums hat es sich mehr nach Enschede verlagert, in Gronau selbst sind die

Ausgehmöglichkeiten doch etwas eingeschränkter.

Johnny: *Sind dir Unterschiede zwischen deutschen oder holländischen jungen Männern aufgefallen?*

Wijke: Ja, doch, ein bisschen schon, es ist auch etwas abhängig davon, in welchen Club man ausgeht. Holländische Männer wirken insgesamt deutlich offener und nicht so distanziert. Sie gehen schneller schon mal auf einen zu und sind in der Regel auch etwas freundlicher im Umgang.

Johnny: *Du hast nach dem Abi ein Psychologiestudium in Enschede aufgenommen. Wie ging es dir dort?*

Wijke: An der Uni Enschede gibt es im Gegensatz zu D keinen Numerus-clausus, so dass ich trotz einer eher durchschnittlichen Abiturnote mein Wunschstudium aufnehmen konnte. Auffällig war, dass im Fachgebiet ca. 50 % der StudentInnen aus D stammten, die dort auch keinen Studienplatz bekommen konnten oder aber aus der Region stammten. Die Vorlesungen selbst werden in niederländischer Sprache gehalten, das Literaturstudium ist aber im Gegensatz dazu zu 90% in Englisch. Deutsch wurde nur mit MitstudentInnen gesprochen. Die Leistungsanforderungen sind im Grundstudium sehr hoch, da wohl durch verschärfte Leistungskontrollen die anfangs sehr hohe Studierendenzahl über die Leistung statt über den Numerus clausus deutlich reduziert wird. Günstig war die Tatsache, dass man auch als Enscheder Student mit dem NRW-Ticket fahren konnte, allerdings war die Busfahrt innerorts dann doch selbst zu bezahlen.

Johnny: *In den Ferien hattest du auch Jobs in einem Cafe und an der Supermarktkasse. Gab es dort Unterschiede D/NL?*

Wijke: Ja, mit etwas Erfahrung kann man schon Unterschiede erkennen. Mir ist aufgefallen, dass Körpersprache und Gestik überzufällig häufig unterschiedlich sind. Holländische Kunden waren insgesamt eher impulsiver und lebhafter, auch gibt es Unterschiede beim Modebewusstsein. Es gibt auch typische Frisuren z. B. mit nach hinten gegeltem Haar bei holländischen jungen Männern.

Johnny: *Du hast dann über ein Jahr in den USA als Au-pair verbracht. Wie waren deine Erfahrungen dort?*

Wijke: Die Zeit war außerordentlich schön und hat mich persönlich und auch meine Sprachkenntnisse vorangebracht. Als Au-Pair lebte ich in der Nähe von New-York in einer chinesisch-stämmigen Familie mit 3 Kindern. Die Au-Pair -Agentur organisierte regelmäßige Gruppentreffs mit anderen internationalen Au-Pairs. Als ich bemerkte, dass sich darunter eine größere Gruppe deutschstämmiger Au-pairs befand die sich etwas abgekapselt verhielten und untereinander nur Deutsch sprachen, habe ich mich als Holländerin ausgegeben und mich mit Freundinnen aus Mexiko, Südafrika, Brasilien und anderen Ländern getroffen. Da war ich dann gezwungen, mich komplett wie auch in der Familie in Englisch zu unterhalten und habe rasend schnell Englisch gelernt, was mir im Studium jetzt sehr hilft. Erst als ich eine deutsche Freundin besser kennengelernt habe, habe ich mich geoutet und mich mit ihr auch in Deutsch unterhalten.

Johnny: *Wie war das Leben dort in der Gastfamilie?*

Wijke: In die Familie war ich vollständig integriert und hatte mich um die 3 Kinder zu kümmern. Beide Gasteltern waren voll berufstätig, so dass es morgens schon mit dem Wecken und Frühstücken mit den Kindern losging. Danach wurden die Kinder von mir mit dem Auto zur Schule gebracht. Das war während eines Wintereinbruchs schon ganz schön schwierig, wenn man die Verkehrsverhältnisse in New York in Kombination mit widrigen Straßenverhältnissen kennt. Während des Aufenthaltes wohnten auch die chinesischen Großeltern zeitweise mit im Haus. Das war hochinteressant, weil keine Verständigung in Englisch möglich war und z. B. die Essensgewohnheiten doch sehr verschieden im Vergleich zu unserer Essenskultur sind.

Die Kinder sind mir sehr ans Herz gewachsen, besonders der kleine Toby. Wegen Autismus belegte er eine Förderschule mit häufiger Einzeltherapie. In dem Jahr in der Familie konnte ich deutlich Fortschritte des Jungen auch in alltagspraktischen Dingen wie z. B. Duschen erkennen. Die amerikanischen größeren Kinder können durchaus zwischen D und NL unterscheiden. Die Au-pair-Zeit war 2014, also zur Fußball-WM in Brasilien. Die Kinder haben mich in meiner Unterstützung des holländischen Teams bestärkt, im Endspiel haben wir uns natürlich über den Sieg der deutschen Mannschaft gefreut. In New York wurde dann nach dem Titelgewinn ja auch das Empire-State-Building in Schwarz-Rot-Gold angestrahlt. Dank der modernen Technologie kann ich auch weiterhin den Kontakt zu den Kindern halten. Demnächst habe ich vor, die Familie zu besuchen und den Kontakt persönlich aufzufrischen.

Johnny: *Liebe Wijke, herzlichen Dank für unser Gespräch und viel Erfolg in deinem Studium.*

Der Unternehmensberater und Fahrradhändler

Johannes, Jg. 63,

Unternehmensberater und Fahrradhändler

Johnny: Du bist in Gronau im Buterland aufgewachsen. Gibt es aus deiner Jugend Besonderheiten zu berichten?

Johannes: Ja klar, insbesondere im Gronauer Freibad gab es häufige Begegnungen mit holländischen Jugendlichen, wo man sich teils gut verstanden hat aber auch schon mal Zoff war. In der Familie gab es einen regelmäßigen Austausch mit meinen Verwandten Else und Herbert. Mal haben wir die Ferien in Enschede gemeinsam verbracht, mal in Gronau. Da gab es einen völlig normalen verwandtschaftlichen Umgang miteinander ohne Sprachbarrieren. Mit 17 hatte ich mal eine Freundin aus Oldenzaal und man besuchte sich natürlich mit dem Fahrrad. Da der beschrankte Grenzübergang dort allerdings um 22 Uhr schloss, musste man entweder einen Umweg über Glanerbrug nehmen oder über die grüne Grenze fahren. Dabei bin ich auch einmal von den Zöllnern aufgegriffen worden und mitsamt Fahrrad mit dem Fahrzeug der Grenzer zu Hause abgeliefert worden. Papiere hatte ich außerdem nicht dabei. Da gab es natürlich neben dem Ärger mit den Grenzern von den Eltern zusätzlich ein Donnerwetter wegen des illegalen Grenzübertritts. Meine Kinder können sich eine solche Situation heute kaum mehr vorstellen.

Johnny: *Du hast deine fundierten Kenntnisse D-NL inzwischen auch zu deinem Beruf gemacht?*

Johannes: Das stimmt, gemeinsam mit einem NL-Mitinhaber betreibe ich eine Unternehmensberatung mit dem treffenden Namen DNL-contact, was ja schon eine Menge über den Arbeitsinhalt aussagt. In der Wirtschaft spielen ja gute persönliche Kontakte eine sehr große Rolle. Es ist aber auch weiterhin so, dass an der Landesgrenze oft auch ein Ende des persönlichen Netzwerkes besteht. Dort setzen wir an und beraten länderübergreifend und vermitteln Kontakte.

Johnny: *Gibt es im Wirtschaftsleben D-NL Kulturunterschiede oder Fettnäpfchen?*

Johannes: Ja, eine Menge. Anfangs lassen sich deutsche Unternehmer oft durch das schnelle Duzen dazu verleiten anzunehmen es sei bereits eine hohe Übereinstimmung in der Sache erzielt worden, weil man sich doch schon persönlich näher gekommen sei. Das ist aber mitnichten so. Der holländische Geschäftspartner misst dieser Anrede kaum eine Bedeutung bei, schon gar nicht als Verbesserung beim Geschäftsabschluss. Die Stärke der NL-Geschäftsleute liegt zweifellos in ihrer Flexibilität. Da gibt es allerdings auch Erwartungen an D-Geschäftspartner, die nicht immer voll erfüllt werden. Ein Beispiel: Ein Maschinenbauer möchte eine Abfüllmaschine an einen NL-Partner verkaufen. Wie in D üblich erwartet er beim ersten Treffen ein 4-Augen-Gespräch mit dem Geschäftsführer. Vor Ort ist er aber sehr erstaunt, dass ihm nicht nur der GF sondern auch die Abteilungsleiter Technik und Finanzen und ein Vorabeiter aus der Produktion gegenüber sitzen. Entscheidungsprozesse in NL-Betrieben laufen in der Regel anders ab und sind breiter getragen. Dadurch dauert die Abstimmung aber auch meistens länger. Im konkreten Fall wurde man sich nach längeren Verhandlungen einig. Allerdings meldete sich der Maschinenbauer später schwer entnervt noch einmal, weil der NL-Besteller trotz Vertrag und geregelter Lieferbedingungen eine Veränderung mit größerer Maschine verlangte. Diese Flexibilität ist in D schwierig, im konkreten Fall konnte das Problem aber einvernehmlich gelöst werden. Der NL-Unternehmer achtet oft aus Gründen der internen Loyalität sehr genau auf die Einbindung von Mitarbeitern in Entscheidungsprozesse.

Johnny: *Wie beeinflussen NL-Behörden die Geschäfte?*

Johannes: Wie auch in anderen Ländern gibt es Tendenzen, die einheimischen Unternehmen bei Ausschreibungen zu bevorteilen. So wird häufiger darauf abgestellt, dass sich nur Unternehmen beteiligen dürfen, die ein vom inländischen Verband vergebenes Zertifikat vorweisen können. Ausländische Firmen können allerdings nicht Mitglied dieses Verbandes werden. Nach EU-Recht ist das nicht akzeptabel, kommt aber relativ häufig vor.

Johnny: *Wie siehst du die Arbeit der Euregio?*

Johannes: Viele wissen gar nicht, dass in Gronau die älteste Euregio für grenzüberschreitende Zusammenarbeit überhaupt gegründet wurde. Die Arbeit läuft aus meiner Sicht sehr gut. War die Arbeit zunächst primär an Behörden und halbstaatlichen Einrichtungen ausgerichtet zielt man jetzt verstärkt auf KMU ab (Klein- und mittelständische Unternehmen). Auch Schulen können Hilfestellungen für Projekte erlangen, die Unterstützung wird durchaus rege genutzt und die Hilfsbereitschaft anerkannt.

Johnny: *Kannst du auch ein Negativbeispiel benennen?*

Johannes: Im letzten Jahr gab es erheblichen Wirbel in der Euregio, als auf NL-Seite versucht wurde, mit Unterstützung eines Investors den ehemaligen NATO-Flughafen Twente als Verkehrsflughafen zu reaktivieren. Angesichts eines von den Münsterlandkreisen und Osnabrück getragenen Flughafens in 60 km Entfernung mit chronischen Defiziten wurden diese Pläne auf deutscher Seite sehr missbilligt.

Johnny: *Wie sieht es derzeit konjunkturell im Verhältnis D/ NL aus?*

Johannes: Derzeit spürt man weiterhin die Folgen der Bankenkrise und weniger den Brexit. Als Folge der Bankenkrise kam es in NL zu einem Platzen einer Immobilienblase. Der Bausektor ist deutlich rückläufig und die Arbeitslosenzahlen sind gestiegen. Derzeit gibt es von Unternehmen auf NL-Seite der Grenze größere Aktivitäten mit Beratungsbedarf um neue Geschäfte in D aufzubauen als Ersatz für rückläufige Umsätze in NL.

Johnny: *Welche weiteren Geschäftsfelder bearbeitest du?*

Johannes: Vor 7 Jahren hatten wir die Idee, in Steinfurt einen Imbiss mit holländischen Spezialitäten zu betreiben. Leider war unser persönlicher Aufwand zu hoch und auch die Nachfrage nach holländischen Pommes nicht groß genug. Inzwischen floriert dort ein Imbiss mit Pizza- und Dönerangebot. Seit ca. 4 Jahren betreiben wir ein gut laufendes Fahrradgeschäft und haben uns auf den Vertrieb von Lasträdern spezialisiert. Wir versuchen mit einem NL- Hersteller flexibel auf Kundenbedürfnisse einzugehen und haben so auch Spezialräder für Maler, Gemüsehändler und auch für Behinderte gebaut. Da waren wir wohl Trendsetter und sind als passionierte „Schrauber" auch persönlich sehr zufrieden.

Johnny: Bei der Wahl Büro- oder Fahrradwerkstatt, in welchen Raum gehst du morgens lieber?

Johannes: Das Verhältnis ist wohl 50:50 und abhängig von der Tagesform.

Johnny: *Lieber Johannes, herzlichen Dank für unser Gespräch, ich wünsche dir immer eine gute Tagesform.*

Epilog

Liebe Ella,

es ist wunnebar, dich seit wenigen Monaten unter uns zu haben - auch wenn deine Eltern Ruth und Matthias jetzt ein unruhigeres Leben führen.

In diesem Buch stelle ich dir Verwandte und Freunde vor, die du nach und nach kennenlernen wirst.

Allen Mitstreitern, die mir bei der Umsetzung und Gestaltung dieses Buches geholfen haben, danke ich ganz herzlich.

Inspirationen und begleitende Gedanken sind immer bei meinen Kindern Lina mit Martin sowie Max und Anna.

Spezielle Grüße gelten allen PatientInnen und MitarbeiterInnen der Praxis und des ZaR Münster.

Die alte Heimat wird durch meinen Bruder Klaus mit Susanne und den (best- friends) Ecksteinern

bestens repräsentiert und Schwarz-Weiß Marienfeld weiß, was es an uns hat.

Ein besonderer Dank für die Unterstützung geht auch an Verena („die Elfe aus dem Emsland") und Matthias.

Liebe Ella,

wenn du später dann lesen gelernt hast und mich nach Lektüre dieses Buches verschmitzt anlächelst und mit den Augen zwinkerst, dann weiß ich genau - wir haben uns richtig verstanden!